W9-AVL-901

Le Secret du bison blanc

Une légende oglala

C.J. Taylor

Livres Toundra / GRANDIR

Que les quatre coins de l'univers vivent dans la paix et dans le respect mutuel.

Un merci spécial à Skawennā: Ti Sky

Du même auteur:

Deux Plumes et la solitude disparue
Guerrier-Solitaire et le fantôme
Petit Ruisseau et le don des animaux

L'hiver avait été long et froid. Le peuple était las d'attendre le printemps. On se querellait à propos du travail à faire au village. Les enfants se moquaient de leurs parents. Les parents s'impatientaient. Les aînés essayaient de maintenir la paix, mais on ne les écoutait pas.

Les aînés espéraient que la venue du printemps apaiserait les gens et mettrait fin aux querelles. Au retour des bisons, tout le monde s'affairerait à découper et à sécher la viande, à étirer, gratter et tanner les peaux. Il y aurait des festins, des danses et de la bienveillance.

Le temps s'adoucit, mais les bisons ne revinrent pas. Où étaient-ils? Il fallait envoyer des éclaireurs à leur recherche.

Couteau Noir et Nuage Bleu étaient les deux meilleurs éclaireurs du village. Jeunes et forts, ils connaissaient tous deux les plaines et les collines lointaines. Mais leur ressemblance s'arrêtait là. Couteau Noir était égoïste et avait mauvais caractère, passant son temps à se plaindre, à crâner et à se battre quand on ne lui passait pas ses caprices. Quant à Nuage Bleu, il était bon, agréable et toujours prêt à aider.

Pendant des jours, les deux éclaireurs marchèrent sans voir trace de bisons. «Nous perdons notre temps, dit Couteau Noir. Retournons au village.»

Nuage Bleu s'y opposa. «Notre peuple compte sur nous, répliqua-t-il. Il faut continuer de chercher.» Tout en parlant, il remarqua, dans le sol mou, des empreintes en direction des collines. «Quelqu'un peut s'être perdu et avoir besoin d'aide», dit-il.

«Nous ne perdrons pas notre temps à sauver quelqu'un d'assez stupide pour s'égarer, protesta Couteau Noir. Rentrons!»

Mais Nuage Bleu se mit à suivre les empreintes. Couteau Noir, en maugréant, dut lui emboîter le pas, sachant qu'il ne serait plus jamais éclaireur s'il rentrait seul au village.

Soudain, voyant quelqu'un descendre les collines, les deux jeunes hommes s'arrêtèrent. C'était une femme. Ses mouvements faisaient onduler sa longue chevelure noire. Sa robe, faite de la plus fine peau de daim blanche qui soit, était ornée de perles de couleur. Jamais les deux hommes n'avaient vu si belle femme.

«Je la veux, annonça Couteau Noir. Je la ramènerai avec moi.»

«Mais elle ne voudra peut-être pas rentrer avec toi, répliqua Nuage Bleu. Nous devons la respecter.»

«La respecter? lança Couteau Noir avec mépris. Ce n'est qu'une femme. Si elle ne me suit pas, je la traînerai!»

«Ne dis pas ces choses, avertit Nuage Bleu. Elle pourrait t'entendre.»

Devant tant de beauté, Nuage Bleu resta figé. Cette femme devait venir d'un autre monde. Quand il retrouva sa voix, il demanda : «Serais-tu perdue? Pouvons-nous t'aider?»

Mais la femme fixait Couteau Noir du regard. «Je sais ce que tu penses, dit-elle. Tu veux m'emmener avec toi de force. Je te mets au défi d'essayer.»

Couteau Noir s'élança vers elle. Nuage Bleu voulut l'en empêcher, mais c'était trop tard.

Au moment où Couteau Noir allait toucher la femme, un nuage s'abattit sur elle et lui.

Quand le nuage remonta, Couteau Noir avait disparu. Seuls son arc et son carquois étaient restés au sol.

Nuage Bleu sut dès lors qu'il avait devant lui une femme sacrée possédant de grands pouvoirs, et il eut peur. Le ferait-elle disparaître aussi?

Pourtant, lorsque la femme s'adressa à Nuage Bleu, sa voix était douce et la peur de Nuage Bleu s'évanouit.

«Tu es un homme bon, Nuage Bleu. J'ai un message à te confier pour les gens de ton village. Décris-leur ce que tu as vu ici. Dis-leur qu'il faut mettre fin aux querelles et aux disputes. Ils doivent montrer qu'ils peuvent s'accorder. Au centre du village, qu'ils érigent un grand tipi. Lorsqu'ils auront terminé, je viendrai.»

Nuage Bleu rentra au village en vitesse et raconta aux aînés ce qui s'était passé. Les aînés rassemblèrent le peuple.

Le chef prit la parole : «Vous n'avez pas écouté quand nous avons voulu rétablir la paix parmi vous. Couteau Noir n'a pas écouté, et il n'est plus. Si nous n'écoutons pas, nous pouvons périr aussi. Êtes-vous prêts à écouter, maintenant?»

Lentement, les membres de la tribu répondirent un à un : «Oui».

Le village fut transformé. Chacun apporta sa contribution au grand tip

Même les enfants aidèrent. On vit s’élever un tipi de peau blanche.

Le tipi fut enfin terminé. Les gens avaient travaillé ensemble sans se quereller. Alors, ils se rassemblèrent pour regarder le résultat de leur travail. Le chef s'assit à l'entrée du tipi, tandis que les autres aînés s'installèrent à l'intérieur pour attendre la venue de la femme sacrée.

Elle arriva au village à pied, en chantant. Un silence enveloppa le peuple. Observant la femme, Nuage Bleu la trouva encore plus belle que dans son souvenir. Sa chevelure soulevée par le vent flottait derrière elle.

Dans ses bras, elle portait un paquet enveloppé dans une peau semblable à celle de sa robe.

La femme entra dans le tipi. «Je suis Bison Blanc. Je suis venue vous faire un don.»

Elle s'agenouilla au centre du tipi. Par le trou à fumée pénétrait un rayon de soleil qui l'éclairait. Les aînés s'assirent en cercle autour d'elle, alors que les autres habitants du village l'observaient de l'entrée.

La femme déposa le paquet devant elle et l'ouvrit lentement, révélant un calumet portant, sur un côté, la gravure d'un bison. Au tuyau du calumet, douze plumes d'aigle étaient retenues par de l'herbage et quatre rubans : un noir, un blanc, un rouge et un jaune.

La femme sacrée du bison blanc montra le calumet.

«Vous vous êtes montrés dignes. Aussi, je vous apporte ce calumet.»

Elle tendit l'objet au chef et poursuivit ses explications.

«Le bison représente la terre, notre mère nourricière. Les plumes d'aigle représentent le ciel et les douze lunes. Le ciel est notre père protecteur.

«Les rubans représentent les quatre coins du monde. Quand tu fumeras ce calumet, tu l'offriras à chacun, en guise de respect pour la terre. Le noir signifie l'Ouest, dont le tonnerre nous envoie la pluie qui fait germer les graines. Le blanc, c'est le Nord, qui nous rafraîchit par ses vents. Le ruban rouge représente l'Est, source des premières lueurs. Il apporte la sagesse. Et le jaune, c'est le Sud, qui nous offre le soleil d'été pour faire pousser l'herbe dans les champs.

«En travaillant en harmonie, vous vous êtes montrés dignes du calumet. Servez-vous-en tout en conservant la paix dans vos coeurs, et il vous assurera la prospérité.»

Bison Blanc remit au chef le calumet, qu'il fit circuler parmi les aînés. Puis, elle se leva et sortit du tipi. Les gens s'écartèrent pour la laisser passer. Elle traversa le village jusqu'au champ. Soudain, elle se mit à courir et, peu à peu, se transforma en un magnifique bison blanc.

Alors, tout aussi miraculeusement, apparut un troupeau de bisons broutant dans les champs par delà le village.

Les habitants du village vénéraient le calumet. Lorsqu'ils étaient d'humeur à se quereller, ils se rappelaient qu'ils ne pourraient résoudre leurs difficultés et prospérer que dans la paix.

Ils offrirent bientôt le calumet aux peuples d'autres villages, en leur transmettant les explications de Bison Blanc : on doit avant tout reconnaître ce que la nature offre et ce qu'il faut faire en retour. Ils firent que le message se répande à l'ouest, au nord, à l'est et au sud, jusqu'au bout du monde.

Les Sioux Oglalas

Le calumet de paix est l'un des symboles de la culture amérindienne les mieux connus. En plus de favoriser la paix, il apporterait la bienveillance et la santé à ceux qui le vénèrent. Le calumet crée instantanément des liens de fraternité et d'amitié entre les gens.

Le calumet était connu à travers le monde autochtone avant 1492, et chaque tribu possédait une légende sur ses origines. Il n'est d'ailleurs pas étonnant que les Oglalas aient associé les origines du calumet de paix au bison. En effet, l'économie domestique des tribus des plaines reposait sur le bison. Du tipi au hochet de bébé, tous les objets étaient faits d'une partie ou d'une autre de l'animal. Le bison jouait un rôle de premier plan dans la magie, l'art et la religion de ces tribus. De plus, comme le retour annuel des troupeaux était incertain, une aura surnaturelle entourait l'animal. Rites et prières étaient observés, et, lorsqu'un bison était tué, on demandait pardon à son esprit.

Les Sioux Oglalas, ou Dakotas, appartiennent à la branche Teton de la grande famille Dakota (formée des groupes Santee, Yanktonai et Teton). Les Oglalas dominèrent le conseil tribal des Sept-Feux, une «famille» de tribus de la branche Dakota Teton qui reconnaissaient leur parenté et ne se firent pas la guerre. Les Pieds Noirs et les Brulés étaient d'autres importants membres du Conseil.

Sur un territoire bordé, à l'est, par la rivière Missouri, au sud, par le Nebraska, à l'ouest, par la chaîne de montagnes Teton, et s'étendant, au nord, jusqu'en Saskatchewan, le centre spirituel des Tetons était situé dans les «collines noires» dites *Black Hills*, aujourd'hui intégrées au Dakota du Sud. Les *Black Hills* sont également le théâtre de cette légende. Jusqu'à ce qu'on y découvre de l'or, à la fin du 19e siècle, les collines étaient protégées par un traité. De nos jours, les Oglalas et les autres membres de la famille Dakota sont disséminés sur un territoire qui englobe le sud de la Saskatchewan et du Manitoba et la plupart des États situés entre l'Iowa et le Wyoming. Leur influence se reflète dans l'origine sioux des noms donnés à de nombreuses colonies.

Sources : Wissler, Clark. *Indians of the United States*. Swanton, John R. *The Indian Tribes of North America*. *The Canadian Encyclopedia*, Volume i.

Version française: Michèle Boileau

Publié au Canada par Livres Toundra, Montréal, Québec H3Z 2N2, et aux États-Unis par Tundra Books of Northern New York, Plattsburgh, N.Y. 12901

Fiche du Library of Congress (Washington): 92-60552

Publié en France par Éditions GRANDIR, 84100 Orange

ISBN 0-88776-322-7 (Canada)
ISBN 2-904292-91-8 (France)

Conception graphique: Michael Dias
Transparences: Michel Filion Photographe
Imprimé à Hong Kong par South China Printing Co. Ltd.

Données de catalogage avant publication (Canada)

Taylor, C.J., 1952 -
(*The secret of the white buffalo*. Français)
Le secret du bison blanc.
ISBN 0-88776-322-7

(Publié aussi en anglais sous le titre:
The secret of the white buffalo. ISBN 0-88776-321-9)

I. Titre. II. Titre: *The secret of the white buffalo*. Français.

PS8589.A88173S314 1993 j398.2'089'975
C93-090372-2 PZ23.T39Se 1993

Pour la compilation et l'édition du présent ouvrage, Livres Toundra a puisé des fonds dans la subvention globale que le gouvernement du Québec lui a accordée pour l'année 1993. La copublication franco-québécoise de cet ouvrage a été rendue possible grâce à une subvention du ministère des Affaires culturelles du Québec.

À la demande de C.J. Taylor, une partie des redevances perçues pour cet ouvrage sera remise au Comité de défense Leonard Pelletier (Canada).